W9-CDP-657

Miguel Vicente
pata caliente

Orlando Araujo

Ilustraciones de Morella Fuenmayor

Miguel Vicente pata caliente

Ediciones Ekaré

Esta es la historia de Miguel Vicente, un pequeño limpiabotas muy caminador y amigo de conversar con todo el mundo. Miguel Vicente, pata caliente, le decían en el barrio donde vivía, un cerro lleno de ranchos desde el cual se veía Caracas, allá abajo, con sus grandes edificios, sus quintas rodeadas de árboles y su inmensa montaña que se tragaba las nubes allá arriba. Todos los días muy temprano, Miguel Vicente bajaba corriendo a la ciudad, con su caja de limpiar zapatos al hombro, armando un ruido que hacía rabiar a los vecinos perezosos todavía metidos en sus camas.

El más furioso era un borrachito que acostumbraba acostarse muy tarde y a quien Miguel Vicente daba verdaderas serenatas, tocando la caja y alborotando debajo de la ventana hasta que el viejo gritaba adentro: "Ese es Miguel Vicente, pata caliente. ¡Me las va a pagar! Un día de estos lo agarro y le doy una paliza". Pero agarrar a Miguel Vicente era más difícil que agarrar a una ardilla; corría como un venado y se escondía en cualquier parte. Así que el borrachito no pudo nunca cumplir su promesa y terminó por acostumbrarse a las serenatas.

De la Plaza de Capuchinos hasta la Plaza Miranda, después en el pasaje que comunica la Torre Sur con la Torre Norte y luego hasta la Plaza Bolívar, Miguel Vicente caminaba con su caja a cuestas, ofreciéndose para limpiar los zapatos de todo aquel que se cruzara en su camino o que atinara a pasar por el sitio donde él momentáneamente se estacionaba. Cuando no lustraba botas, se entretenía silbando y tocando la caja como si fuera un tambor, de modo que siempre parecía estar contento. Y como tenía unos ojos vivaces y una cara morena llena de picardía, muchos señores que no pensaban hacerse limpiar los zapatos, se detenían, montaban su pie en el cajoncito y mientras Miguel Vicente ponía la crema negra o marrón, pasaba el cepillo y lustraba con un pedazo de tela ya brillante de tanto lustrar, el cliente trataba de conversar con Miguel Vicente quien, ni corto ni perezoso, hablaba de todo.

—¿Cómo te llamas?

—Miguel Vicente.

—¿Cuántos hermanos tienes?

—Dos. Uno es viajero, va por todas partes. El otro está en Oriente, trabaja en una compañía petrolera.

Miguel decía todo esto de memoria, porque no conocía a sus hermanos y era lo que había oído de su madre. Así que lo repetía a quien se lo quisiera preguntar. El que más le gustaba de sus hermanos era el viajero, ese que iba siempre por montañas y llanuras y ciudades que Miguel no conocía y con las cuales soñaba.

Quería conocer el Orinoco, ese río tan grande, mucho pero mucho más
grande que el Guaire cuando el Guaire estaba crecido. Era un río lleno de
caimanes y con enormes serpientes en sus orillas. ¡Quién lo conociera y
navegara por él! Cuando fuera un hombre, iría al Orinoco y conocería la
selva y las montañas más altas.

—¿Te gustaría viajar, Miguel Vicente?

—Sí, mucho.

—¿Quieres irte conmigo? Yo voy para los Andes donde hay montañas con
nieve.

—¿Y hay águilas?

—Sí.

—¡Cónchale!, debe hacer mucho frío allá.

—Hay campos verdes y ríos que bajan por el monte y caen desde lo alto.

Miguel se emocionaba, se ponía pálido de pura emoción. Tun, tun, tun...
el corazón le latía hasta casi salírsele de la franela.

—¡Yo sí me fuera, caray! —decía.

Pero hasta allí llegaba todo, porque el señor que le hablaba se iba con sus
zapatos bien brillantes. Miguel guardaba su bolívar y se quedaba
otra vez silbando y tocando su caja, pero soñando,
soñando con largos viajes y muchas aventuras.

¿Cuándo podría viajar Miguel Vicente, pata caliente?

Una vez vio una estrella que se cambiaba de un sitio a otro en el cielo y secretamente le expresó un deseo: que quería conocer mundo, ir a lugares lejanos, tener maravillosas aventuras. Pero la estrellita no había cumplido aquel deseo, y Miguel seguía sin viajar, caminando por las calles de Caracas, silbando y tocando su caja, limpiando botas y soñando mucho.

Todos los que conocían a Miguel, sabían que le gustaban los viajes y para entretenerse con él, le hablaban de viajes reales o imaginarios que le iban aumentando las ganas de coger camino un día cualquiera. Lo malo es que ahora no se viajaba como en los cuentos, a pie, o sobre un pato grande, o bien sobre una alfombra mágica. Los niños de ahora viajan en carro, en barco, en avión y esto complica más la cosa, porque depende de los mayores que lo lleven a uno o no lo lleven. Y hay que tener mucho dinero, tanto que Miguel Vicente no sabría ni contarlo. Pero como no le costaba nada imaginarse lo que no tenía y disponía de suficiente tiempo para ello, pues arreglaba mentalmente sus viajes y tenía aventuras con bandidos, con animales feroces y galopaba en hermosos caballos sin siquiera cansarse.

Ya no le pedía, tampoco, al niño Jesús, que como regalo de Navidad, hiciera algo para que él viajara, porque dos veces se lo había pedido, y nada. El niño Jesús debía estar bravo con él, porque todo lo que le traía en Nochebuena eran cajitas de crema de limpiar zapatos, un cepillo viejo y un pedazo de tela nueva, como si eso fuera un regalo. ¿Qué había hecho él de malo? Bueno, sería por lo de la bulla que hacía en la ventana del borrachito. El borrachito, por su parte, pensaba que debido a su vicio, Dios le mandaba a Miguel Vicente para castigarlo.

En fin, que ya Miguel no esperaba que nadie lo ayudara para hacer lo que más deseaba en su vida. Nadie, ni siquiera su mamá. El papá se había ido hacía mucho tiempo de la casa; tanto tiempo que Miguel Vicente no podía recordar cómo era su cara, ni tampoco si era gordo o flaco, alto o bajo. Sólo recordaba que una tarde su mamá le dijo que un señor que estaba allí era su papá y más nada. El señor se fue y Miguel se olvidó de él, y no sentía que le hacía falta. A veces pensaba que era hasta mejor así, porque un amigo suyo, vecino de su casa, tenía un papá que le pegaba por cualquier cosa y vivía gritando todo el día como si nunca estuviera contento.

Un día salió un señor del Congreso, ese edificio blanco y grande que está cerca de la Plaza Bolívar. Era un señor a quien Miguel Vicente le había lustrado los zapatos varias veces. Puso su zapatote sobre el cajón y mientras Miguel trabajaba le preguntó:

—¿Sigues pensando en tus viajes?

—Bueno, sí —respondió el niño.

—Pues ahorra, para que puedas hacerlo cuando seas mayor —le dijo el señor del Congreso. Era un hombre gordo, bien vestido y siempre como muy aseado. Debía ser muy rico.

—¿Y qué es eso? —preguntó Miguel.

—¡Ah!, sabía que me lo preguntarías. El ahorro es algo muy bueno y necesario. Todo el que ahorra puede cumplir sus deseos. Fíjate bien: si yo te pago un bolívar por limpiarme los zapatos, tú gastas un "real" y guardas un "real". Ese "real" que guardas es el ahorro. Cuando muchos señores como yo te pagan muchos bolívares, tú habrás guardado muchos "reales" y así podrás comprar lo que quieras, o viajar, como a ti te gusta.

Eso dijo el señor con gran sabiduría, pagó su bolívar y se alejó satisfecho de haber ayudado al niño a comprender lo que es el ahorro.

Desde aquel día, Miguel Vicente se propuso ahorrar dinero. De cada bolívar no podría ahorrar un "real" porque se habría dado cuenta su mamá a quien tenía que entregar todas las noches, al regresar a su casa, el dinero que había ganado y que servía para comer lo poco que comían y para otras cosas, tantas cosas que el dinero no alcanzaba ni para una octava parte de esas cosas. Pero cuando tenía buena suerte, cuando llovía y limpiaba más zapatos de lo que era costumbre, entonces guardaba algo, un "medio", un "real" y en las grandes ocasiones hasta un bolívar y lo metía en una lata de crema vacía que él llamaba ahorro y que conservaba escondida entre sus cachivaches.

Pasaba el tiempo y la lata no se llenaba ni siquiera por la mitad. Miguel hacía grandes sacrificios para no sacar ni un centavo de la cajita. Tenía "lochas", "medios", de todo tenía y hasta una monedita rara que casi no pesaba y que se la había regalado un viejito que conocía muchos países. Tanto cuidaba su tesoro que cierta vez que su mamá se sintió muy mal y habló de unas medicinas y de que no tenía dinero, Miguel estuvo a punto de darle el dinero, pero al mismo tiempo no quería. Allí en aquella cajita estaban sus viajes, sus aventuras, todo lo que él quería hacer en la vida y le costaba mucho desprenderse de sueños tan queridos. Así que no cedió ante sus buenos impulsos, tuvo grandes remordimientos, pero no cedió.

Después su mamá se puso bien, él se quedó con su cajita y siguió silbando y tocando su caja grande como si fuera un tambor. Tanto la tocaba que sus amigos del barrio le gritaban: "¡Miguel Vicente, pata caliente, toca la caja y llama a la gente!". Pero él no se ponía bravo, tenía su secreto, era su tesoro, y ya sus viajes no dependían de nada ni de nadie sino de él mismo.

Hasta que su mamá descubrió la caja: persiguiendo una rata que se metió entre los cachivaches, movió los corotos de Miguel y como la cajita sonaba, la abrió y descubrió el tesoro. ¡Santo Cielo!, aquello fue terrible. Cuando Miguel regresó en la noche encontró a su madre bravísima, tan brava que lo agarró por una mano y lo "peló" con una correa vieja. Después se echó a llorar diciendo que su hijo la engañaba, que era un ingrato, y Miguel Vicente, ya fuera por la paliza, ya fuera por las palabras de su madre, rompió a llorar y durante un largo rato, lloraron juntos la madre y el niño. Y se acabó el "ahorro", porque la mamá hizo desaparecer la cajita y todo lo que tenía adentro, hasta el sol de hoy.

Miguel estuvo un tiempo triste, tan triste estuvo que no silbaba ni tocaba la caja, hablaba poco y hasta se olvidó de las serenatas mañaneras del borrachito. Pero Miguel Vicente fue poco a poco saliendo de su tristeza y volviendo a su alegría, que era silbar, tocar la caja, lustrar botas y caminar por esas calles con su franelita rayada, sus pantalones anchotes y remendados, tan remendados que parecían un mapa con muchos países. Y siguió soñando con sus viajes, pero eso sí, se negaba rotundamente a limpiar los zapatos de aquel señor del Congreso que le había hablado del "ahorro".

Como no podía hacer viajes largos, Miguel hacía viajes cortos. Los domingos, muy temprano, se reunía con sus amigos, juntaban todo el dinero que tenían y bajaban corriendo y charlando hasta El Silencio. Allí hacían su plan: unas veces remontaban las escalinatas de El Calvario y jugaban bajo los árboles inmensos que los hacían olvidarse de la ciudad. Miguel se imaginaba estar metido en la selva profunda y se ponía a caminar con cuidado y al acecho como Tarzán cuando andaba a la caza de leones. Se imaginaba que allí, a la vuelta de un matorral, se tropezaría con la fiera y lucharía contra ella hasta vencerla y lanzar el grito de triunfo. Pero el emocionante encuentro era casi siempre interrumpido por alguno de los policías que vigilaban el parque y que los obligaba a regresar escalinatas abajo, de nuevo a las avenidas y calles. Sin emoción y sin aventuras.

Una vez en que por fortuna lograron reunir más dinero del acostumbrado, se fueron hasta un sitio donde había fieras de verdad, leones, tigres y osos tal y como son, de carne y hueso. Al principio fue realmente emocionante y Miguel no se atrevía a acercarse mucho. Le parecía increíble poder estar tan cerca de animales tan feroces. Pero muy pronto se borró el miedo cuando observó que niños menores que él se acercaban hasta casi pegarse de las rejas y arrojaban papelitos, caramelos y otras cosas a los animales. Los leones no se embravecían, no rugían y ni siquiera miraban a la gente, más bien parecían unos señores gordos y cansados con ganas de dormir. Así que fue perdiendo el entusiasmo por esta clase de sitios y prefería irse paseando y corriendo por los sitios donde hubiera árboles. Y mientras paseaba y corría, le gustaba lanzar piedritas sin apuntarle a nada, como si mientras corría y las lanzaba estuviera pensando en otras cosas.

Cierto día, cuando realizaba uno de estos paseos, se llevó un buen susto porque una de las piedritas fue a dar a la espalda de un señor que estaba sentado leyendo. Ya echaba a correr cuando escuchó una voz conocida que le decía:

—Miguel Vicente, pata caliente, ven acá.

Reconoció entonces a un señor amigo suyo, el que le había regalado la monedita rara y que conocía muchos países. Se acercó temeroso.

—Fue sin culpa, señor —comenzó a decirle. Pero el señor lo interrumpió diciéndole:

—No te preocupes. Dime ¿qué haces por aquí?

—Bueno, paseando —contestó Miguel ya tranquilizado—. ¿Y usted? —preguntó a su vez.

—Yo estoy leyendo un libro, precisamente un libro de viajes en que se cuentan los viajes maravillosos de un joven que salió un día de su casa y recorrió muchos países, conoció a muchas gentes y tuvo grandes aventuras. Se llamaba Marco Polo.

Miguel miraba fascinado el pequeño libro que permanecía abierto entre las manos del señor de la moneda rara.

—¿Tiene figuras? —preguntó Miguel.

—¡Caramba!, no tiene. Eso es lo malo, amigo, no tiene ni una figurita. Es un libro barato.

Miguel se había acercado y lo miraba. Allí estaban las letras apiñadas como hileritas de hormigas, negritas todas. Y esas letras hablaban de viajes maravillosos.

—¿Quieres verlo? Tómalo.

—Pero si no sé leer —dijo Miguel como si estuviera triste y como si estuviera bravo—. No sé leer —volvió a decir y esta vez lo dijo como si estuviera solamente triste.

El señor de la moneda rara se quedó mirándolo. Era un hombre amable. Miguel lo miraba de reojo esperando que comenzara a decirle las mismas cosas que todos los mayores le decían: que si tenía que aprender a leer, que si debía ir a la escuela, que estaba perdiendo el tiempo, que si crecería burro, que si esto, que si aquello. Aprender, ir a la escuela. ¿Y quién limpiaba zapatos para llevar dinero a casa? ¿Ir a la escuela de noche? Si llegaba rendido y apenas se dormía al comer cualquier cosa que su mamá le guardara. Sin embargo, y para sorpresa de Miguel, el señor de la moneda rara no le dijo nada sobre aquellas cosas. Simplemente le dio el libro.

—Toma, te lo regalo, es tuyo. Algún día podrás leerlo y entonces harás todos esos viajes junto con Marco Polo.

Miguel tuvo más suerte con el libro que con el "ahorro", porque no necesitó esconderlo. Su madre no le dio mayor importancia, así que podía hojearlo cuantas veces quisiera, y tenerlo siempre a la vista sin peligro de perderlo. El niño pasaba grandes ratos contemplando las hileras de letras, repasaba las páginas y todas parecían igualitas. Abría el libro en cualquier parte y se preguntaba qué estaría haciendo allí, precisamente allí en aquella parte, aquel extraordinario y valiente viajero de cuyas maravillosas aventuras nada sabía.

—¿Conoces a Marco Polo? —le preguntó un día a uno de sus compañeros, que siempre sabía más cosas que todos.

—¿Marco Polo? ¿Marco Polo? —contestó el amigo adivinando—. ¿Quién es? ¿Un policía?

—Tonto, ningún policía. Marco Polo fue un gran viajero muy valiente y tuvo muchas aventuras y conoció muchas tierras.

—¿Cómo lo sabes tú?

—Yo tengo el libro, el libro de sus viajes —dijo Miguel con mucho misterio.

Muy pronto todos sus amigos sabían que Miguel tenía un libro en que se contaban grandes cosas. Miguel era el dueño del libro y aunque ninguno sabía leer, el solo hecho de poseerlo y que se lo hubiese regalado un señor que conocía muchos países hacía que todos vieran a Miguel con respeto y que su autoridad se fuera imponiendo poco a poco sobre sus amigos.

Un día la mamá enfermó más de lo que ella acostumbraba estar enferma, se puso más flaca de lo que ya era, y más pálida. Se metió en la cama y ya no comía ni lo poco que acostumbraba comer. Así pasó varios días, sin casi levantarse; hablaba poco y la voz se le puso delgadita. Vinieron unos vecinos y allí mismo se resolvió llevarla al hospital. Miguel Vicente se quedaría en casa de una amiga, mientras se daba aviso a sus hermanos para que se encargaran de él.

Y así fue como Miguel comenzó a viajar. Vino su hermano el del camión y le dijo que arreglara sus corotos, que él se lo llevaría y que lo acompañaría en sus viajes para que cuidara el camión, mientras él se ocupaba de vender y comprar cosas. Miguel Vicente se sentía realmente feliz. Ahora sí conocería tierras y gente, iría por todas partes, tendría grandes aventuras. Era una alegría que le saltaba por dentro y que se parecía un poco al susto.

Siempre corriendo entró en la casa y recogió sus pocas cosas. Dejó la caja; la regaló a uno de sus amigos y repartió entre ellos el cepillo, las telas de lustrar, las cajitas de crema a medio usar. Lo daba todo con alegría. Estaba feliz y todos lo envidiaban.

En una caja de cartón pequeña metió su ropa y, escondido en ella, el libro misterioso. Ya estaba listo para cambiar de vida.

El camión salió al anochecer. No llevaba carga y, al dejar atrás la ciudad, comenzó a correr con gran velocidad. Por una de las ventanillas la brisa daba en el rostro de Miguel Vicente cuyos ojos bien abiertos estaban preparados para tragarse todos los caminos, todas las ciudades, todas las montañas que estaban más allá. A su lado, su hermano manejaba con la vista fija en la carretera. Miguel lo miró un rato. Era fuerte y parecía bueno; debía saber muchas cosas.

Desde una vuelta de la carretera, ya bien arriba, se volvió para mirar a Caracas, allá abajo. Ya no la miraba desde su cerro. Ahora la ciudad se iba quedando, pequeñita y de mil colores luminosos, allá abajo. Terminó por desaparecer. Ya era de noche y sobre el lomo de un cerro, Miguel se puso a mirar la media luna encorvada y cabalgando sobre el monte como una bruja.

Miguel sentía una cosa así como una tristeza bonita y como unas ganas de llorar sin hacer ruido. Desde que salió de su casa no se había acordado de sus amigos, de las calles, de su mamá y ahora todo esto lo punzaba por dentro y se le mezclaba con la emoción del viajero que va a tener grandes aventuras. Sintió frío y se acurrucó en el asiento del camión, metió las manos en la caja para calentárselas con la ropa, palpó el libro allá adentro y lo mantuvo entre sus manos.

Se fue quedando dormido. El ruido del motor sonaba como un río.

Tercera impresión, 1996
© Texto Orlando Araujo
© 1992 Ediciones Ekaré
Av. Luis roche, Edif. Banco del Libro,
Altamira sur. Caracas, Venezuela
Edición a cargo de Verónica Uribe
Dirección de arte: Irene Savino
Todos los derechos reservados para esta edición
ISBN 980-257-102-4
Impreso en Caracas por Editorial Ex Libris, 1996